E. DE BRETIGNY

UNE

SOLUTION PATRIOTIQUE

QUELS SONT LES MOYENS

LES PLUS PROPRES ET LES PLUS PRATIQUES

POUR RÉGÉNÉRER LA FRANCE

ET LUI RENDRE LA PLACE

QU'ELLE N'AURAIT JAMAIS DÛ PERDRE

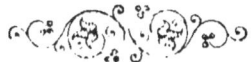

MARSEILLE

TYPOGRAPHIE BLANC & BERNARD

RUE SAINTE 28 ET 30

—

1883

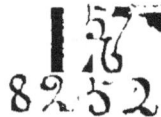

E. DE BRETIGNY

UNE

SOLUTION PATRIOTIQUE

QUELS SONT LES MOYENS

LES PLUS PROPRES ET LES PLUS PRATIQUES

POUR RÉGÉNÉRER LA FRANCE

ET LUI RENDRE LA PLACE

QU'ELLE N'AURAIT JAMAIS DU PERDRE

MARSEILLE

TYPOGRAPHIE BLANC & BERNARD

RUE SAINTE, 28 ET 30

1883

UNE SOLUTION PATRIOTIQUE

Quomodò cecidisti Jerusalem !

Je ne saurais cacher, en abordant un sujet aussi grave, dans des circonstances politiques et morales aussi tristement accentuées, quelles justes craintes m'assaillent. Il faut que j'ai une confiance absolue en la bienveillante indulgence de mes lecteurs ; il faut que je sache, à ne pas en douter, jusqu'à quel point leurs patriotiques suceptibilités sont depuis longtemps éveillées, froissées, indignées, j'ose le dire ; il faut que je les connaisse Français à tout prix, Français quand même, Français avec ce que ce noble qualificatif emporte avec lui de devoirs et d'amour, pour que je me permette de discuter, pour que j'essaye de trancher une question aussi profondément ardue, pour que j'ose résoudre un problème aussi douloureusement redoutable.

Ce n'est pas que cette question n'ait été déjà posée et tranchée plusieurs fois par les croyants de l'étrange Catéchisme que nous ont légués, près de dix-neuf siècles, de glorieuses, de tristes ou de sanglantes convulsions historiques ; ce n'est pas que ce problème n'ait été, à maintes reprises, résolu par les amis des mathématiques sociales, ces profonds interrogateurs du passé, ces audacieux questionneurs de l'avenir ; mais, questions et problèmes ont été posés et résolus à des points de vue tellement complexes, ils ont été envisagés sous des aspects si divers, parfois si contraires, qu'il m'a semblé que tout n'avait pas encore été dit sur l'une et que l'on pouvait, avec profit pour notre génie national, réviser la solution de l'autre.

C'est ce que je me propose de tenter, si vous voulez bien, amis lecteurs, m'accorder la faveur de me lire, si, surtout, vous daignez ne voir en moi, quelle que soit la hardiesse ou l'étrangeté de mes appréciations, quels que soient les résultats des syllogismes politiques et sociaux que je soumettrai à votre jugement, qu'un homme qui aime par dessus tout la France, qu'un homme qui fait de ses triomphes passés, la plus chère de ses études, de ses destinées futures le plus ardent de ses désirs, le plus aimé de ses rêves.

La France, aujourd'hui, est-elle politiquement, moralement et socialement abaissée ? A-t-elle perdue, aux yeux des nations contemporaines, amies, ennemies ou cyniquement indifférentes, le rang suprême qu'elle occupait jadis? L'éblouissant soleil qui couronnait son front auguste d'un diadème dont le reflet rayonnait dans le monde respectueusement émerveillé, a-t-il perdu de son éclat ? Oui! trois fois oui! hélas! Je n'hésite pas à le confesser.

Je crois que vous me connaissez et m'estimez suffisamment pour comprendre combien, sur mes lèvres, est brûlante de douleur patriotique, cette fatale affirmation monosyllabique.

Ce oui terrible, et pourtant si vrai, sonne à mes oreilles comme un vaste glas de mort. Ce trois fois oui, qui, chaque jour, sous le ténébreux régime qui nous enlace dans ses odieuses étreintes, devient de plus en plus évident, brise mon âme d'effroi ; il la briserait de désespérance si je ne savais qu'il y a là haut, un Dieu qui veille sur le salut de ma patrie, si je ne savais que le génie du mal tremble sous son œil protecteur, si je ne savais que le temps des épreuves a une limite assignée et qu'elle est impérissable, aujourd'hui plus que jamais, cette vieille devise, prémisse de nos vaillantes destinées : « *Gesta Dei per Francos* ».

Ceci dit, dois-je m'inquiéter des clameurs hypocrites que ce *Oui* fera sans doute pousser contre moi à de soi-disant patriotes dont la seule habileté consiste à paraître au dehors ce qu'ils ne sont pas certes au fond, c'est-à-dire dévoués à la grandeur de la France ?

Dois-je prendre au sérieux les énervantes objurgations d'une certaine presse républicaine qui, au risque de compromettre le salut, veut à tout prix cacher le danger, insulte chaque jour ceux qui le lui font toucher du doigt et croit avoir tout dit quand elle a traité de vils réactionnaires ceux qui ne pensent pas comme elle ?

Non ; clameurs des uns, objurgations des autres, ne m'inquiètent pas ; ma conscience, loyalement sondée, me dit bien haut que je suis dans mon droit et que j'accomplis un devoir sacré en avouant, la tristesse dans l'âme et la rougeur au front, que notre belle, que notre noble, que notre sainte France aimée, décroît à grand pas au point de vue politique, au point de vue moral, au point de vue social surtout.

Au point de vue politique, en effet, tout aujourd'hui, est confusion, incompétence et luttes anarchiques ; le pays assiste éploré à son émiettement partiel, il sent s'affaiblir ses forces vitales et voit arriver le moment où son antique influence dans le jeu des ambitions étrangères, ne sera plus qu'un brillant souvenir. Nos gouvernants, désemparés par le flot des caprices parlementaires, conduisent, au hasard des étoiles assombries, le navire qui porte la fortune de la France. Sur quels écueils le feront-ils sombrer ? Dieu, seul, le sait. Toujours est-il que le pilote qui un jour le ramènera au port, meurtri, démâté, à moitié brisé peut-être, devra tenir le timon d'une main ferme et dominer, de toute la puissance de son courage et de son énergie, les sourdes intrigues, les indisciplines calculées d'un équipage depuis douze ans révolté.

Aujourd'hui on lit les journaux, car on lit par besoin, par conviction, par patriotisme, on les lit parce qu'on a soif de savoir ce que font de notre pays ceux qui se disent effrontément nos mandataires, comment administrent nos intérêts les élus de ce suffrage universel hybride, boiteux, malvenu, à quels vents de l'horizon sèment notre fortune et les trésors de l'État, ces financiers d'occasion dont les poches, vastes gouffres béants, engloutissent de si lourds dividendes.

Que nous apprend cette lecture quotidienne des journaux, sinon, que notre politique est absolument abâtardie ? L'esprit de suite, la conviction, l'étude approfondie, l'expérience maîtresse, l'amour du travail opiniâtre manquent à cette collection de poupées parlementaires qui font le plus bel ornement de nos palais législatifs.

L'ambition malsaine, l'âpreté au gain, la fièvre des honneurs, voilà leur force vraie, leur but secret, leur pensée rêvée. Ils habillent de loques bizarres, effrangées, cousues d'un fil grossier, les fameux principes de 89 ; ils les hissent sur un pavois de maladroites vengeances ; ils les promènent triomphants à travers un monde de haines à peine dissimulées, sans songer, les imprudents, que ces vengeances

déshonorent l'idole, que ces haines la vouent à l'exécration
publique, sans songer que s'il n'y avait que leur République
et sa funeste influence pour faire aimer ce lumineux berceau
de nos libertés publiques, il y a longtemps que nous l'au-
rions maudit, lui préférant les vieilles gloires des siècles
écoulés sous la vaillante tutelle des anciens monarques de
France.

Dissolvantes au premier chef, les notions républi-
caines sont chez nous qui ne sommes pas mûrs pour les
comprendre, moins mûrs encore pour les pratiquer, une
entrave inéluctable, un impédimentum fatal à toute tentative
de politique loyale, à tout essai de progrès sage et d'éman-
cipation honnête.

Rien n'est sage que ce qui est logique, dit-on ; j'ajouterai
rien n'est honnête que ce qui ne ment pas. Or la politique
républicaine, telle que la pratiquent les gauches des deux
Chambres n'est pas logique ; elle ment parce que le vrai
n'est pas dans l'exagération et le parti pris ; elle ment
parce que, la vérité est une. Or, la politique républicaine
n'est qu'un tissu d'exagérations honteuses, qu'un poëme en
mille chants de divisions scandaleuses et de batailles orales,
qui, en énervant l'opinion, donnent de la moralité du suffrage universel, envisagé à ce point de vue, une idée rigou-
reusement exacte et faussement vraie.

Je vais, m'expliquer sur la valeur de ces deux mots
qui paraissent honteux de se rencontrer ensemble et qui,
dans l'application que j'en fais en ce moment, sont pourtant une triste certitude.

Que sont, en effet, les ministres de notre République par-
lementaire? Des serviteurs plus ou moins humbles, souvent
peu intelligents, toujours très révoltés d'une majorité aussi
hautaine que versatile ; ce sont de peu aimables capucins

de cartes, qu'on me pardonnez l'expression, qu'un souffle, une parole, un geste renverse, annihile ; c'est une feuille des- séchée que le vent emporte on ne sait jamais pourquoi, mais on sait toujours où... Pantins très conscients, ils sautent tour à tour pour les groupes qui solidifient leurs porte- feuilles, ils sourient aux plus odieuses hâbleries, fort peu soucieux de savoir si ce sourire impudent ne pèsera pas de toute la lourdeur de sa lâcheté sur la marche du rouage qu'il est censé faire mouvoir. Le ministre n'est plus aujour- d'hui l'inviolable autorité de jadis, il est moins qu'un comparse ; c'est le valet des deux Chambres bombardé d'un traitement exagéré... C'est bien peu et c'est trop. Ce peu et ce trop pourtant, par ce temps de démoralisation publique, sont courus avec une ardeur plus que fébrile, s'il faut en juger par l'étrange quantité de titulaires, qui, depuis le 4 septembre 1870, ont à belles dents rongé, déchiré, mis en lambeaux les divers portefeuilles de notre administration politique et financière ; la liste fastidieuse en serait trop longue à énumérer. On y verrait défiler des noms plus que suspects rivés au service de cette République... On rirait et comme en France le rire désarme, comme je ne veux pas cependant désarmer mes lecteurs, je m'abstien- drai de la leur communiquer.

Politiquement donc la France est déchue ; les quelques considérations générales que je viens de soumettre à grands traits, le prouvent surabondamment. Il me serait facile, procédant par voie déductive, de les confirmer, de les élargir, de les rendre palpables par des faits saisis- sants, mais la limite que je me suis imposée pour cet ouvrage ne me permet pas d'entreprendre une démonstra- tion dont on n'a, du reste, nul besoin, convaincu que l'on est par l'expérience de ce qui se passe tous les jours sous nos yeux, combien est fausse, illogique et hostile à toute grandeur extérieure, la politique des sinistres fantoches qui nous gouvernent.

J'ai dit précédemment que la France républicaine qui n'est pas notre France à nous, heureusement, est déchue au point de vue moral.

Ici, je devrais me taire et laisser notre souvenir s'égarer, indigné, dans le honteux dédale des mesures iniques qui ont été décrétées contre tout ce qui est saint et sacré, contre tout ce qui est honnête, respectable, contre tout ce qui est notre force et notre gloire, contre Dieu, contre la religion, contre ses courageux Ministres, contre la liberté de conscience, contre les droits à l'instruction catholique, contre les devoirs imprescriptibles du père de famille.

Les Césars romains, ces maîtres d'un monde impudiquement civilisé, voulurent jadis étouffer les germes naissants de l'adorable religion du Christ... Ils édictèrent des lois terribles contre elle et ses nouveaux adeptes ; le feu consuma dans les épouvantables convulsions de ses langues enflammées, les membres déjà déchiquetés des martyrs ; le sang coula à flot partout et inonda les champs de l'univers romain... Le Christ triompha cependant de César, — *ego vinci mundum*, — parce que le Christ est Dieu, et que César était homme. Mais si César fut vaincu, s'il mordit la poussière, si après trois siècles de luttes folles, de sacrilèges combats, d'infamies sanglantes, il vit flotter sur le palais d'or de la cité romaine, le Labarum Constantinien, il put se dire au moins avec un légitime orgueil : j'ai bataillé au grand jour avec un divin géant, et je n'ai pas hypocritement caché sous mes lambris impériaux ma force, ma puissance et ma rage. Peuvent-ils en dire autant nos mirmidons de l'athéisme officiel ? Les persécutions, les outrages qu'ils décrètent contre la religion chrétienne, sont-ils au moins frappés au coin de quelque grandeur impie ? Y a-t-il quelque noblesse d'allure, quelque fierté sceptique au fond de cette révoltante croisade ? Non, certes... Sortis de la boue, ces gens-là se traînent dans la boue ; ennemis de ce qui est propre et digne, ils nous font une guerre sale, inepte : insensés, qui n'ont pas lu ou compris cette fable, — un chef-d'œuvre, — le *Serpent* et la *Lime*, imprudents qui ne veulent pas se convaincre que la barque de Pierre est insubmersible, et que chacune des lois scélérates sorties des urnes parlementaires, se brisera contre la simple étole du prêtre, se heurtera impuissante contre la crosse d'or du prélat, s'annihilera devant la majesté trois fois sainte de la tiare pontificale.

La République persécute la Religion catholique à la façon des Mandrins et des Cartouches ; au nom de prétendus décrets arrachés à l'aveuglement sénile d'un Président de comédie, ils envahissent les propriétés, crochètent les portes de celles qui leur résistent, insultent et chassent de leur monastère, de pauvres moines dont la prière est la seule richesse, dont la science est la seule gloire. Oublieux de l'athéisme, au moins chevaleresque et galant de leurs devanciers du dix-huitième siècle, ils n'ont pas honte de s'attaquer à de faibles femmes, flétrissant, pour les contraindre à sortir de leur sainte clôture, de leur ignoble contact, les chastes épaules de celles qui, peut-être, ont élevé leurs mères ou instruit leurs filles... Non, jamais tendances plus mesquines, plus lâches, — je ne retire pas le mot, — dans les annales des persécutions anti-catholiques n'ont flétri les pages de notre histoire. Il fallait en arriver

à la République des citoyens, — notez que je ne dis pas
Messieurs, ce serait leur faire beaucoup d'honneur. — Grévy,
Gambetta, Clémenceau, Jules Ferry, Paul Bert et *tutti
quanti* pour assister à cet écœurant spectacle de poli-
ticiens éhontés, se ruant contre des institutions que près
de vingt siècles avaient respectées, institutions qui furent
les plus pures gloires d'une France qui jadis ne comptait
plus ses gloires.

Ces gens-là ont semé le vent, ils recueillent la tempête.
Voyez ce qui se passe au point de vue moral dans le monde
des diverses classes sociales : le scepticisme règne partout
en maître... l'élève du lycée ne reconnaît plus la voix de
celui qui doit lui ouvrir la carrière ; il fait de l'antique
discipline scolaire une balle élastique dont il jongle à son
gré. Au chant de la *Marseillaise*, un exemplaire de l'*As-
sommoir* ou de *Nana* sous le bras, il organise des *pronun-
ciamentos*, fomente des révoltes, se riant de l'écharpe
municipale ou policière dont se ceignent les reins quelques
fonctionnaires accourus pour les rappeler à l'ordre.

La jolie génération, n'est-ce pas, que nous préparent
Jules Ferry et Cᵉ ! Si nous remontons du petit au grand,
de l'enfant à l'homme, la démoralisation s'accentue,
la plaie s'agrandit ; elle devient gangreneuse, incurable,
hideuse à voir... ; la presse, dite pornographique, se mul-
tiplie, insolente et sale, sous les yeux d'une magistrature
impuissante, portant l'impudeur et la honte dans le sein
des familles désarmées ; la politique incendiaire a des journaux qui l'exaltent, des clubs qui la défendent ; les crimes
avec leurs préméditations les plus avouées sont mis à
l'ordre du jour d'assemblées publiques, de meetings formi-
dables, et lorsqu'un juge d'instruction se permet d'appeler
à la barre un des coryphées de ces sanglantes orgies oratoi-

res, il lui est froidement répondu qu'on se rendra à son invitation lorsqu'on en aura le temps, et la justice muette, prise à la gorge, se tait terrorisée, étouffée qu'elle est par les miasmes putrides de cette atmosphère de bagne dont empoisonnent l'air de la France, les forçats amnistiés de Nouméa. N'est-il pas vrai, que ce tableau crayonné à grands traits de notre déchéance morale est absolument exact. N'est-il pas vrai que tout est cahos, désordre et turpitude dans un milieu gouvernemental dont on a systématiquement arraché l'idée de Dieu, dans une société d'où la croix rédemptrice est exclue, dans un siècle qui ne croit plus à rien, pas même à son infamie ?

Politiquement et moralement déchue, la France subit, en ce temps de république malsaine, une troisième déchéance, la pire de toutes : la déchéance sociale.

Ça se décolle! a eu le cynisme d'avouer le tribun effronté qui inscrivait jadis en tête d'un discours — programme auquel il a déjà cent fois menti, ce nouveau *Delenda est Carthago: Le cléricalisme c'est l'ennemi.* Oui, citoyen Gambetta, ça se décolle, en effet; l'édifice craque de tous les côtés, les assises sociales sont ébranlées. Que faut-il pour que tout s'effondre, ensevelissant sous un monceau de poussière, de ruines et de sang avec votre orgueilleuse mais bien mesquine personnalité, les vieilles archives de notre splendeur nationale? Rien ou peu de chose : une allumette posée sur une mèche de bombe à dynamite et le crime sera consommé et la révolution sociale, c'est-à-dire la mort de la France, *finis Galliæ*, sera faite.

Les troubles de Montceau-les-Mines, les attentats de Lyon, les menaces quotidiennement lancées de tous les côtés par les adeptes du parti anarchiste, à l'endroit de la classe dite bourgeoise, viennent de démontrer brutalement où en est en ce moment la question sociale. L'Elysée feint de ne pas s'émouvoir des soubresauts meurtriers de ce volcan en fusion, le Palais-Bourbon ne voit dans ces détonnantes manifestations, dans ces éloquents tressaillements qu'un jeu d'enfants terribles, qu'un caprice de réactionnaires impuissant. Au Sénat on épilogue, on divague et on dort. Et pourtant, amis lecteurs, la France est maintenant plus que jamais enserrée dans les assassines tentacules de la pieuvre sociale. Elle râle sous l'étouffement du monstre qui se hisse, menaçant hier, insolent aujourd'hui, victorieux demain, sur le vieil édifice civilisateur qu'ont bâti nos pères... L'anarchie ne conspire plus dans l'ombre ; elle se taille déjà des pourpoints sanglants dans les lambris de nos palais ; elle partage et divise ouvertement les vols de la propriété entre ses farouches sectaires ; elle escompte au grand jour les ruines de nos villes industrielles ; elle transporte par avance sur des rivages lointains celles de nos femmes, ceux de nos enfants qui auront échappé aux explosions de la dynamite. Ces listes de proscription, ces projets horribles, elle les étudie, elle les discute, elle les adopte en plein Paris, en pleine France, sous les yeux d'un gouvernement imbécile et lâche, au nez de préfets criminellement endormis, à la barbe d'une police abrutie qu'on insulte, au mépris d'une loi qui n'est plus qu'une fiction sans valeur et sans force.

Aussi logiques que criminels, les anarchistes poursuivent leur œuvre avec un ensemble qui étonne d'abord, quoiqu'il soit absolument rationnel. Ils se sont dit que la République faite de crimes devait fatalement périr par le crime ; et, confondant dès lors ce qu'il y a de noble et d'honnête en France, c'est-à-dire d'ennemis de la Républi-

que avec la République elle-même, ils veulent détruire
l'une pour étouffer l'autre. C'est l'homœopatisme du mal,
c'est la théorie du nihilisme par l'effondrement total, c'est
l'apologie de l'assassinat universel élevé à la hauteur d'un
art barbare, porté à la plus grande expression de l'audace
sacrilège. Je ne veux pas jouer ici le rôle de Cassandre,
ni rééditer les sombres lamentations de Jérémie ; n'ayant
pas le génie saintement inspiré du prophète d'Israël
je me contenterai de dévorer en silence les patriotiques
terreurs de l'illustre troyenne. Cependant, je ne saurais
taire combien est forte en moi la conviction du péril
social que je signale, et dont comme moi on sonde la pro-
fondeur. L'égoïsme ce maître puissant de la politique
moderne, règne chez nous en souverain ; il est assis dans
la plupart des fauteuils de nos salles parlementaires ; c'est
lui qui, sous divers masques ministériels, fabrique les lois,
édifie les budgets, lois qui devraient nous protéger, budgets
qui devraient nous renseigner sur la fortune de la France.
Eh bien ! lois et budgets moisissent et boitent; on violente
les projets régénérateurs, on fait des erreurs de cent millions,
on se trompe d'une somme qui se chiffre par deux milliards
cinq cents millions, et, fier, on s'élance ensuite à la tribune
pour proclamer à la face de l'Europe que tout est pour le mieux
dans la meilleure des Républiques. Pendant ce temps l'a-
narchie veille et travaille; le génie du mal ourdit sa trame
au grand jour ou dans l'ombre, et notre pauvre France, le
front voilé descend, chaque jour, une large marche de l'esca-
lier funèbre qui la conduit à l'abime au fond duquel il y a,
je viens de le prouver avec toutes les ardeurs de mon
âme, la déchéance sociale, c'est-à-dire son effacement du
cadre des nations prépondérantes, la perte des glorieuses
illusions qui la faisaient si belle, la fin de ses droits civili-

sateurs, c'est-à-dire l'agonie après trois passions doulou-
reuses, et puis la mort sur le Golgotha révolutionnaire.

J'ai dit Golgotha, et je crois mon application vraie, mon
assimilation saisissante.

Le Calvaire du Christ fut le seuil d'une résurrection
éblouissante ; le Golgotha du Dieu fait homme fut le seuil
d'où jaillit, jeune et radieux, un monde nouveau, un monde
régénéré.

Le Calvaire de la France sera la résurrection aussi, le
Golgotha de la patrie meurtrie sera le seuil indestructible,
cette fois, d'où jaillira sous l'égide du Maître aimé, une
nation rajeunie, rachetée par la souffrance.

La France peut-elle être régénérée ?

Peut-elle recouvrer sous le baiser de pardon de CELUI
qu'elle a méconnu, la virginité de son éclat, de sa force et
de sa gloire ? La France peut-elle encore redevenir la
plus estimée, la plus généreuse, la plus forte nation du
monde ?

Oui, oui ! je n'hésite pas à le dire avec un légitime
orgueil ; oui, je l'affirme avec une conviction profonde ; oui,
si nous savons appliquer au mal l'énergique remède de
la rénovation politique, morale et sociale.

Que devra être cette rénovation politique ? quel sera le
messie couronné appelé à sauver la patrie en danger ?

On me permettra, de laisser cette question brûlante
momentanément sans réponse, ou plutôt qu'on me laisse
croire que nous l'avons nous-même résolue, et que nous
avons nommé ensemble le même libérateur, que nous
avons sur les lèvres le même nom sacré, la même majesté
dans le silence de nos désirs intimes.

Le cadre que je me suis tracé est trop restreint pour qu'il
me soit permis de traiter ce sujet ; il m'entraînerait dans

des développements qui sont du domaine d'un ouvrage autre que celui que je soumets à l'appréciation de mes lecteurs. Donc, en fait de régénération politique, détruisons d'abord la République, et le reste, comme dit le livre sacré, nous sera donné par surcroit; chassons loin de nous le souvenir de ce cauchemar malfaisant et la santé politique reviendra avec le réveil à une vie vraiment nationale.

Plus facile à entreprendre au premier abord, la rénovation morale de la France n'est pas moins sérieuse à résoudre. Le mal déjà fait aux principes d'honnêteté publique est grand, il est immense, il serait inguérissable si la sève féconde du bien n'était indestructible en elle. Quelque dévoyée, quelque mal conseillée que soit la société moderne, il y a dans son ensemble un fond de probité intellectuelle qui la sauvera si l'on sait en tirer parti, si l'on sait mettre à profit pour les choses généreuses et libres, sa fière générosité d'allures. Faites respecter les lois, dirai-je à celui à qui incombera bientôt, je l'espère, l'honorable mission de les reviser, mais pour ce faire, commencez d'abord par édicter des lois honnêtes ; si les Français sont tous égaux devant elles, tâchez qu'ils n'aient pas à s'insurger contre les monstruosités du parti-pris, contre les haines d'une caste au profit de l'autre, contre les convictions de celle-ci au détriment des droits acquis de celle-là. Pondérez vos décrets dans la balance du juste et du vrai ; chassez la passion irraisonnée ; modérez la soif des intérêts ambitieux et pécuniaires ; faites-nous des lois de progrès, — personne mieux que nous n'aime, ne désire le progrès, et ne saluera avec plus de joie patriotique son lever à notre horizon politique, — mais que ce progrès soit sage, qu'il soit frappé au coin d'une intelligente prudence. S'il est le résultat d'une coalition, il ne sera jamais vrai ; s'il est celui d'un coup de main plus ou moins habile, il ne sera jamais stable ; s'il est l'œuvre d'un scepticisme déguisé, il sera déshonoré et le déshonneur ne saurait vivre en France. Tôt ou tard il est démasqué, tôt ou tard il est flétri par la masse de cette nation avant tout chevaleresque. Une loi honnête toujours, honnête quand même, au contraire, est une loi sauvée ; elle vivra de sa force virtuellement acquise. Une loi malhonnête à l'instar de celles qui prétendent diriger nos consciences et nos droits de pères de famille, est une loi perdue d'avance ; elle mourra du mal de son odieux engendrement, du mal du mépris et de la honte. Le législateur qui saura pratiquer le code de l'austérité législative sera un patriote accompli, car il aura sauvé la patrie.

Lycurgue, Solon, Socrate, ces sages taillés dans un bloc marmoréen, dont le moule est depuis des siècles brisé, legiféraient le flambeau de la vertu, d'une main, celui de l'austérité et du désintéressement de l'autre. Aussi, voyez ce qu'ils firent d'Athènes, de Sparte et de la Grèce. Athènes fut longtemps la maîtresse du monde asiatique ; Sparte en fut l'admiration et la terreur ; la Grèce, ce petit peuple que Xercès eut tenu dans sa main de géant, libérale inspiratrice des innombrables chefs-d'œuvre qui sont parvenus jusqu'à nous, refoula au-delà du Bosphore, des millions d'hommes qui l'avaient franchi pour l'asservir et le broyer dans leurs sauvages entraves.

Voilà ce que devient un peuple qu'on sait moraliser.

En sommes-nous là aujourd'hui ? hélas, non ! et nous aurons, certes, beaucoup à faire pour y arriver. Non, parce que nous ne savons pas être entièrement libres ; en fait de liberté, nous ne connaissons que la licence. Est-ce la liberté, en effet, que cette avalanche de tolérances dont profite, depuis douze ans, une certaine presse, pour inonder

la France des plus idiotes turpitudes ? Est-ce être libre que
de pouvoir étaler en plein jour des photographies obscènes,
des images immondes, des dessins plus ou moins sprituels
qui offensent la pudeur, calomnient la vertu, ridiculisent la
morale ? Ne sont-ils que libres ces écrivains pornogra-
phiques dont la plume souillant les plus doux sentiments,
fouille les secrets intimes de l'alcôve pour les trahir, odieu-
sement faussés, sous les yeux d'un public avide de scanda-
les ? Ne sont-ils que libres ces panégyristes graveleux
de l'adultère, ces insulteurs à gages de la continence ? Ne
sont-ils que libres ces hommes qui, parce qu'ils sont fon-
cièrement impurs, s'imaginent que tout le monde leur res-
semble, nient la chasteté dans sa radieuse application et
nous montrent le clergé français,—le clergé, je suis heureux
de l'affirmer en passant, pur et honnête par excellence, —
succombant à des passions honteuses, se livrant quotidiennement aux plus basses pratiques ? Ces hommes là ne
sont pas seulement libres, ils pratiquent la licence ; or,
la liberté n'a rien à faire avec la licence, c'est-à-dire avec
l'insubordination, avec le bon plaisir et le parti-pris.

Une loi sévère, impitoyable, vengeresse, régénératrice,
devra mettra fin à cette honte, si nous voulons une
vraie rénovation morale. Les honnêtes gens ne se
plaindront pas de trop de rigueur à ce sujet ; les coquins
seuls regimberont. Qui donc en France s'inquiètera de ces
gens-là ?

Certaines lois, une foule d'arrêtés réglementent en
pharmacie où ailleurs, le commerce des poisons ; dans
l'industrie, les transactions, en fait de substances nuisibles,
sont soumises à des sévérités souvent excessives. Il n'est
pas de précautions qu'on ne prenne pour préserver nos
frontières des invasions épidémiques ; on analyse, on fouille,

on discute l'état sanitaire des pays les plus exposés au développement du mal pour en préserver le nôtre, et on trouve tout naturel de laisser circuler partout, de laisser s'infiltrer dans le palais des riches, sous le toit de l'artisan, jusque dans la chaumière du pauvre, un poison cent fois plus funeste, un choléra plus funèbrement foudroyant, une peste infiniment plus contagieuse que l'arsenic, que la fièvre jaune, que la morbidité asiatique, le poison des yeux, le choléra des sens énervés, la peste de l'âme empoisonnée. De ces dangers-là on ne s'en occupe pas... ils ne tuent pas le corps, mais ils assassinent l'âme ; ils ne dépeuplent pas une cité, mais ils déshonorent la famille ; ils ne foudroient pas la victime, mais ils la poussent au suicide. Que leur importe ?

Pour que la moralité des lois ait une sanction, pour que cette sanction ne soit pas un non-sens, il est indispensable qu'elle s'appuie sur l'idée religieuse, il est nécessaire qu'elle en fasse sa base et sa force. Est une morale inféconde, celle qui ne procède que d'une philosophie conventionnelle. Une nation qui ne vit que de cette vie-là est une nation abâtardie, ou bien près de l'être. Si l'école voltairienne ou les principes qui en découlent, avaient une raison d'être en politique gouvernementale, ce serait à désespérer de la régénération civilisatrice. On ne bâtit pas sur des ruines, et ce ne sont que des ruines souvent fumantes du feu de la guerre civile, qu'amoncèlent les arguties, plus spécieuses que profondes, des disciples de ceux qui furent Arouet et Jean-Jacques.

Je ne saurais donc trop le répéter, l'idée religieuse est la sauvegarde née des libertés vraies, des grandeurs possibles d'une nation, de la stabilité des pouvoirs qui la gouvernent, de la force de ceux qui la représentent au dedans, du prestige de ceux qui la servent au dehors. Avec une idée religieuse dominante, l'équilibre logique se rétablit partout, les passions déchaînées se taisent, les tempéraments surexcités se calment, la haine s'éteint et le sang-froid, si nécessaire aux déductions politiques, naît, apte et fort, pour les grandes choses.

Aussi est-il du devoir d'un gouvernement qui se respecte, de laisser la carrière libre, la voie grande ouverte à la propagation de la foi, de la civilisation religieuse. Je vais plus loin, il est de son intérêt de faciliter son développement, d'applaudir à ses succès, et de la placer sous l'égide protectrice de ses lois.

Ce n'est pas qu'il y ait à craindre, même en ce temps calamiteux de République, pour l'avenir de la Religion catholique, non, car : *Portæ inferi non prævalebunt adversùs eam.*

Du reste, ce que n'a pu détruire, en France, la Terreur aidée des monstres sanguinaires qui la présidaient, ne sera pas détruit par les liliputiens fantaisistes de notre époque. Toutefois, il est à craindre que l'énervement dans lequel s'étiole la nation, en respirant l'écœurant parfum des doctrines impies, ne soit fatal à sa renaissance à la vie sérieuse. Aussi est-ce cet énervement qu'il faudra combattre avec ardeur, en déchirant les lois sacrilèges décrétées par la troisième République, en les remplaçant par celles qui consacreront la liberté absolue de la foi religieuse, la réintégration des ministres du culte catholique dans les droits qu'on leur a si audacieusement volés, par celles qui proclameront la pratique scrupuleuse et loyale du Concordat, l'union intime de l'Église et de l'État, hors de laquelle il n'y a pas de salut pour la France de 1882.

D'aucuns, me trouveraient, sans doute, par trop intransigeant, s'ils me lisaient ; ils auraient tort ; je ne le serai jamais assez sur ce terrain, car sur ce terrain, on ne saurait jamais être assez logique.

L'intransigeance religieuse est logique, car, comme la logique, la foi ne connaît pas de demis argumements.

En politique, on concède ; en religion, non ; c'est ce qui fait sa force.

C'est pourquoi nous n'avons pas à transiger sur les moyens à prendre pour participer à la rénovation morale de la France, nous, qui sommes convaincus de la force, de l'efficacité, des splendeurs de l'idée religieuse.

Si nous voulons y collaborer, décuplons, centuplons notre activité à ce point de vue. Là est le succès, là est le remède. L'urne, la plume et la parole, trois armes victorieuses dans des mains habiles, sont encore, Dieu merci, à notre disposition. Il n'y a qu'à s'en servir avec courage et dévouement, c'est dire que pas un de nous, c'est dire que pas un de nos amis n'hésitera à les fourbir pour son usage. A l'œuvre donc, amis de la patrie ; pas de défaillance ; le salut moral de la France est au bout.

Les messagers célestes qui, suspendus dans l'azur étoilé d'une nuit décembrielle, annoncèrent, il y a dix-huit siècles, aux bergers de Bethléem, la naissance du Christ, entonnèrent, pour la première fois, le divin refrain de l'amour social : *Paix aux hommes de bonne volonté!* ..

Ces six mots, poème court mais profond, ont depuis révolutionné le monde ; ils ont fait de grandes choses ; ils étaient la préface chantée de l'Évangile écrit qui fut, lui, qui est et qui sera, seul, le code de la rénovation sociale, le seul manuel pratique des civilisations passées, présentes et futures. Aussi est-ce dans ces mots que je trouverai une transition

toute naturelle aux moyens pratiques à employer pour travailler à cette rénovation sociale de la France, qui doit lui
rendre à elle, hélas ! si déchue, si tyrannisée, la prospérité
et le calme.

La paix entre les hommes : tout est dans cette propo-
sition.

Les hommes constituent la Société ; si les hommes sont
unis, la Société grandit en force et en puissance ; s'ils sont
en guerre, elle diminue en vitalité et en fortune. Or, si
jamais hommes furent désunis, ce sont bien les Français
de la République ; c'est bien la société, dite la plus spiri-
tuelle du monde, qui est la plus bouleversée, la plus dé-
chirée, la plus tenaillée, la plus audacieusement mise en
lambeaux. Que faire donc pour rendre la paix, la vie, la
puissance à une nation aussi dévoyée ? J'essaierai de le
dire en quelques mots, si on veut bien me continuer
pendant quelques instants encore, une flatteuse atten-
tion.

L'extinction de la haine du pauvre contre le riche sera
chose faite, si on amène le capital à se souder franchement
aux intérêts du producteur, le travail. Un fait acquis aujourd'hui, sur lequel il n'y a plus du reste d'illusion à con-
server, c'est la guerre ouvertement déclarée de l'ouvrier au
patron, par l'industrie laborieuse à l'industriel qui possède,
par la fabrique nourricière au fabricant engraissé, par
l'or au thésauriseur, par le locataire au propriétaire, par le
pauvre au riche, par la misère à l'opulence. Cette guerre,
flanquée d'une infinité de complications plus philosophiques
au fond que financières, poursuit quand même son action
sourdement dévastatrice, avec une rage concentrée, rage
aussi sûre que réfléchie, rage dont les explosions partielles
nous disent trop souvent, hélas! depuis quelques mois, ce

qu'elle aura d'intensité vengeresse le jour où elle éclatera,
libre d'entraves, le jour où elle bavera son fiel empoisonné
sur les victimes qu'elle guette, le jour où, torrent débordé,
elle s'épandra en flots irrités dans les champs ennemis,
rompant les digues sacrées du droit, renversant les rem-
parts séculaires de la propriété, emportant, dans un gouffre
océanesque, les vieilles traditions civilisatrices.

Le jour est proche de la funèbre explosion de cette rage,
car officiellement déclarées sont les représailles de celui
qui se plaint d'avoir faim en travaillant contre celui
qui, dit-il, ne l'a jamais eu en *fainéantisant*. Il n'est donc
que temps de travailler à les enrayer, à les suspendre, à
les terminer au plutôt ; il n'est que temps de réconcilier,
autant que faire se pourra, ces deux êtres si irréconciliables
en apparence, le riche et le pauvre ; ces deux profondes
antithèses, la misère et l'or ; ces deux états sociaux si évi-
demment opposés, le possesseur et le prétendu dépouillé,
celui qui est à l'abri du besoin et ce pauvre malheureux qui,
brisé par le travail, arrive à peine à calmer les angoisses
de l'estomac, forcé qu'il est de rompre en morceaux cinq
ou six fois divisés, le pain qui doit nourrir sa famille com-
posée de cinq ou six membres.

Grande sera la tâche du penseur qu'un aussi vaste thème
n'effrayera pas ; vaste il est vrai, sera le champ des combi-
naisons à parcourir, mais bien consolante sera sa récom-
pense, lorsque, tournant la tête en arrière et mesurant la
longueur du chemin parcouru, il le verra applani, débar-
rassé des ronces, des épines qui le souillaient, prêt pour la
semaille, fécondé pour la récolte.

Fauchez l'égoïsme du capital, vous assourdirez la haine
du pauvre ; labourez largement les champs protecteurs des
associations syndicales, des chambres ouvrières, vous

apaiserez l'ouvrier qui viendra à vous armé de la défense
de ses intérêts. Après les avoir discutés ensemble, vous les
lui confierez, comme on confie un droit à son gardien naturel, au possesseur légitime. Semez à pleine main les caisses
pour la vieillesse ; multipliez les sociétés de prévoyance ;
jetez à tous les coins de l'horizon le grain fécondateur des
sociétés de secours mutuels, et vous récolterez l'épargne,
c'est-à-dire le bien-être du travailleur, la fortune du
pauvre ; vous réaliserez autant qu'il peut-être, ici bas, hu-
mainement réalisable, ce redoutable problème qui a nom
l'extinction du paupérisme.

L'extinction du paupérisme ou tout ce qui s'en appro-
chera est le secret de la fortune sociale, la clef de voute de
la vraie politique de la France ; on ne l'a malheureusement
pas encore assez compris de nos jours. C'est vers elle que
devront donc converger les efforts des vrais amis du peuple,
si tant il est qu'il en ait encore, tant qu'il ne sera pas déba-
rassé des prétendus citoyens qui le trompent et le grugent ;
c'est cet horizon fait de calmes, de pardons, d'espérances,
qu'il faudra éclairer. Quel beau phare, que celui qui
rayonnera dans ce ciel de sourires et de joies !

Ces sourires, ces joies, resplendiront sur le front des tra-
vailleurs, lorsque vous l'aurez mis à même de comprendre
votre bien-être ; lorsqu'il saura, lorsqu'il devra pardonner
à vos richesses, il le comprendra, il vous le pardonnera,
si vous lui permettez d'en distraire honnêtement quelques
miettes à force de courage et d'épargne, si ses mains cal-
leuses, si son corps courbé à la peine, peuvent un jour tenir
le brevet d'une modique rente, se redresser fatigué à l'heure
du repos mérité.

L'épargne, l'épargne pour la vieillesse, favorisez-là, ré-
pandez-là, faites-la grande, respectable, respectée, dites

partout qu'elle est, qu'elle sera toujours inviolable, et vous verrez l'ouvrier transformé, consentir à votre œuvre, venir vous la porter, vous la confier avec la loyauté de sa nature et vivre en paix, fortifié par l'espérance d'un labeur plus tard rémunéré.

En attendant que les cheveux blanchissent sur la tête du travailleur honnête, laissez-lui la liberté la plus absolue de se syndiquer, fournissez-lui les moyens de s'honorer lui-même, en honorant ses efforts. Rendez possible le secours mutuel, par des règlements plus larges, plus pratiques, et surtout plus efficaces que ceux qui le régissent aujourd'hui. Démocratisez, si je puis m'exprimer ainsi, vos tendances humanitaires, afin qu'elles soient à la portée de ceux qu'elles doivent atteindre, et vous verrez si, dans un temps relativement court, vous n'aurez pas triomphé des obstacles, vous verrez si vous n'aurez pas régénéré le peuple. Vous verrez si ce monde social, dont la haine vous effraye à si juste titre, n'aura pas déchiré son pacte criminel, s'il n'aura pas abjuré ses croyances sceptiques, sa foi incendiaire ; vous verrez si la paix n'aura pas été signée entre les hommes de bonne volonté : *pax hominibus bonœ voluntatis !* vous verrez si une fois de plus, la parole du Christ, *aimez-vous les uns les autres,* appliquée à la France, n'aura pas eu son plein effet, par sa régénération politique morale et sociale ; vous verrez enfin, et c'est mon plus ardent désir, si elle n'aura pas bientôt repris dans le concert européen, dans le monde entier, je l'affirme, la place prépondérante qu'elle occupait jadis, place qu'elle n'aurait jamais dû perdre, qu'elle n'aurait jamais perdue, si ce mot fatal de République n'avait jamais été français.

Je termine et je me résume, pour arriver à énoncer brièvement, — car chacune des périodes que j'ai effleu-

rées demanderaient des volumes, si je voulais suffisamment développer les moyens pratiques dont on devra se
servir pour régénérer la France — il fallait démontrer
qu'elle était abaissée au point de vue politique, moral et
social ; je crois l'avoir fait avec une logique, dont la dou-
loureuse exactitude, n'est hélas ! plus à démontrer. Il fallait
se demander, ensuite, si un remède était encore possible à
tant de maux accumulés, si une guérison était probable,
certaine même, à l'endroit de notre bien-aimée malade. Oui !
ai-je énergiquement répondu, à la condition toutefois que
ce remède, sera aussi prompt, aussi osé, aussi foudroyant
que le mal ; à la condition par conséquent, qu'il sera tout à la
fois un remède politique, un remède moral, un remède social.
De ces trois antidotes, amis lecteurs, j'ai indiqué, vous savez
pourquoi, le premier ; je vous ai largement analysé les deux
autres ; maintenant, si j'ai eu le bonheur de vous convain-
vre, si j'ai fait la lumière dans vos esprits, si je les ai fixés
au point de vous avoir prouvé qu'en les appliquant d'une
main ferme et vigoureuse notre patrie aura reconquis sa
force et sa puissance, qu'en passant par le creuset des
épreuves, des désillusions et des souffrances, elle aura
purifié l'éclat de ses nouvelles gloires, que l'âpre baiser de
la tempête lui aura refait une nouvelle et immortelle virginité, je n'aurai pas perdu mon temps, et ce que j'y ai
consacré d'études silencieuses.

Je désire qu'il en soit ainsi, et, permettez-moi de le dé-
clarer, je crois que mon vœu est exaucé ; j'ai pu l'apprécier
dans la sympathie qui m'a été témoignée lorsque j'ai sou-
mis ces lignes à certaines appréciations — ce qui m'a
encouragé à les livrer à la publicité.

Le patriotisme est fait d'apostolat ; qui dit apostolat,
vous le savez, dit luttes, fatigues et labeurs incessants,

mais qui dit apostolat, dit aussi consolations, espérances, illusions rémunératives. J'oublierai donc les luttes soutenues, je surmonterai les fatigues voulues, je reprendrai les labeurs quotidiens, pourvu que j'aie la consolation de voir un jour mon pays régénéré, pourvu que j'aie l'espérance de le voir grand et fort, pourvu que j'aie l'illusion, qui ne sera pas menteuse celle-là, de le voir briller de toute son antique splendeur, à la tête des nations modernes.

Je vous dis adieu et merci, chers lecteurs et amis, en souhaitant que mes désirs, deviennent bientôt pour lui et, pour vous une indiscutable réalité.

www.ingramcontent.com/pod-product-compliance
Lightning Source LLC
Chambersburg PA
CBHW061627180626
46818CB00005B/2268